Ingrid Kellner / Jutta Garbert

# Willkommen im Kindergarten!

Kindergartengeschichten für die Kleinen

Ingrid Kellner / Jutta Garbert

# Willkommen im Kindergarten!

Kindergartengeschichten für die Kleinen

KeRLE
Freiburg · Wien · Basel

# Jana ist aufgeregt

Jana badet ihre Puppe Sissi. Dann muss Sissi ins Bett. Leo darf noch aufbleiben. Leo ist ein schwarzes Zwergkaninchen. Er sitzt in seinem Gehege und knabbert vergnügt an einer Karotte.
Mama sitzt auf der Terrasse und schnibbelt Bohnen fürs Abendessen. Da kommt Papa nach Hause.
„Papa, Papa!", ruft Jana.
Papa gibt Jana einen Kuss. „Hallo, meine Süße!" Er hebt Jana hoch, wirft sie in die Luft und fängt sie wieder auf. „Oho", sagt er, „bald wirst du mir zu schwer."
Jana lacht: „Noch mal, Papa, noch mal!"
„Du bist schon groß, Jana", sagt Papa. „Und bald darfst du in den Kindergarten gehen."
Jana nickt. „Weiß ich schon, Papa. Dürfen Sissi und Leo auch mit?"
„Tja", sagt Papa, „das weiß ich nicht. Da musst du Mama fragen."
Mama weiß auch nicht genau, ob Puppen und Zwergkaninchen in den Kindergarten gehen dürfen.
„Dann geh ich auch nicht", sagt Jana.
„Schade", meint Papa. „Da verpasst du aber was."

„Was denn?", fragt Jana.
„Na, zum Beispiel die vielen anderen Kinder, mit denen du spielen kannst."
„Was denn spielen?", fragt Jana.
Papa denkt nach. „Wie ich klein war, haben wir im Sandkasten tolle Burgen gebaut."
Mama fällt ein, dass sie mit Puppen gespielt, gemalt und gebastelt hat.
„Ihr wart auch im Kindergarten?", fragt Jana erstaunt.
„Na klar", sagt Papa. „Es ist zwar schon lange her, aber es war wunderbar!"
Jana denkt nach. „Vielleicht geh ich doch in den Kindergarten."
„Ich bringe dich jeden Tag hin", sagt Mama. „Und hole dich wieder ab."
Dann gibt es Abendessen, und nach dem Zähneputzen eine Gute-Nacht-Geschichte. Aber Jana muss noch mal aufstehen und fragen: „Holst du mich auch wirklich wieder ab, Mama?"
„Versprochen", sagt Mama. „Jeden Tag. Großes Ehrenwort!"
Jetzt kann Jana endlich einschlafen.

# Janas erster Tag

Heute geht Jana mit Mama zum ersten Mal in den Kindergarten. Jana nimmt ihre Puppe Sissi mit. Leo, das schwarze Zwergkaninchen, bleibt zu Hause, weil Mama gesagt hat, dass er sich bestimmt vor den vielen Kindern fürchtet. Aber Sissi fürchtet sich nicht, und Jana auch nicht.

„Guten Morgen!“, sagt die Erzieherin, Frau Lange. Sie beugt sich zu Jana: „Schön, dass du gekommen bist.“

Jana will Mama und Sissi nicht loslassen, aber dann muss sie es doch. Sonst könnte sie ihre Jacke nicht ausziehen. Bei den Schuhen hilft Mama.

Frau Lange zeigt Jana eine kleine Sonne, die auf ein Schildchen gemalt ist. „Das ist deine Sonne, Jana!“ Die Sonne ist auch unten auf dem Schuhfach und oben auf dem Haken für den Rucksack. Das gefällt Jana. Dann geht sie mit Mama und Sissi in das große Zimmer. Da sind schon viele Kinder. Die hüpfen und rennen herum, lachen und schreien.

„So ein Trubel!“, sagt Mama. Das finden Jana und Sissi auch. Sie verstecken sich hinter Mama.

„Komm, Jana, wir spielen was“, sagt Mama und geht mit Jana in die Puppenecke. Jana schaut alle Puppen an, aber spielen will sie nicht mit ihnen. Sonst ist Sissi beleidigt.

In der Kaufladenecke sind eine Kasse, eine Waage und viele tolle Sachen. Jana verkauft Mama alles, was sie braucht. Dann will Sissi wissen, was die Kinder drüben am Tisch machen. Jana zeigt es ihr. Die Kinder spielen mit Knete. Ein Stuhl ist noch frei. Jana setzt sich vorsichtig darauf. Er passt! Der Stuhl ist nicht zu groß und nicht zu klein, der Stuhl ist genau richtig für Jana.

„Willst du ein bisschen Knete haben?“, fragt das Mädchen neben ihr.

Jana nickt. Mama verabschiedet sich. Als sie zum Abholen wiederkommt, fragt sie: „Na, wie war's?“

„Gut“, sagt Jana und hopst wie ein Hase. „Frau Lange hat gesagt, dass ich zur Hasengruppe gehöre. Das muss ich Leo erzählen.“

# Jana will alleine spielen

Jana spielt mit den Muggelsteinchen. Sie sind bunt und schön, wie richtige Edelsteine. Sie machen Klick und Klack, wenn Jana sie auf den Tisch legt. Jana nimmt weiße und rote Muggelsteinchen für das Haus und grüne für die Wiese.
Da kommt Benni daher. „Was soll denn das sein?“, fragt er.
„Sag ich nicht“, meint Jana.
„Ha“, lacht Benni. „Ich weiß es aber trotzdem.“ Benni ist schon groß. Er weiß alles. „Das ist ein Haus“, sagt er. „Ist ja kinderleicht.“
„Geh weg!“, sagt Jana. Sie will alleine spielen.
Aber Benni geht nicht weg. Er nimmt schwarze und braune Muggelsteinchen und baut einen Kamin aufs Dach. „So geht ein richtiges Haus!“, sagt er.
Jana fegt den Kamin weg.
Benni ärgert sich. Er fegt das ganze Haus weg. Die Muggelsteinchen prasseln zu Boden.
„Du bist gemein!“, schreit Jana und schubst Benni.
Benni schubst zurück.
Da fällt Jana hin und schreit.
Frau Lange kommt schnell und fragt: „Was ist passiert?“
Jana kann zuerst gar nichts sagen, so muss sie weinen.
Benni sagt: „Jana wollte mich nicht mitspielen lassen, Frau Lange.“
„Spiel was anderes, Benni“, sagt Frau Lange. „Jana will alleine spielen.“
Jana nickt.
Benni trollt sich.
Frau Lange nimmt Jana auf den Schoß und schaukelt sie ein bisschen. Frau Lange ist warm und riecht gut. Sie streichelt Jana. Da kann Jana mit dem Weinen wieder aufhören.
„Magst du Muggelsteinchen?“, fragt Frau Lange.
„Ja“, sagt Jana. „Das sind nämlich Edelsteine.“
„Dann kannst du jetzt auf Schatzsuche gehen“, sagt Frau Lange.
Jana kriecht herum und findet alle Edelsteine wieder. Unter dem Tisch, neben der Bank und hinter der Spielkiste.
„Na, wie war's heute im Kindergarten?“, fragt Mama, als sie Jana mittags wieder abholt.
„Schön“, sagt Jana. „Und die Frau Lange ist ganz lieb, aber der Benni ist blöd!“

# Eine Freundin für Jana

Am Morgen schleicht der Nebel um den Kindergarten, aber dann bricht die Sonne durch. Alle Kinder wollen draußen spielen.
Lilli hilft Jana beim Anziehen. Lilli ist das Mädchen, das Jana am ersten Tag von ihrer Knete abgegeben hat.
„Komm mit, Jana!“, sagt Lilli.
Im Garten steht ein großer Kastanienbaum. Am Boden liegen gelbe und braune Blätter und grüne Kugeln.
„Schau mal“, lacht Lilli.
„Kastanien“, ruft Jana.
„So viele Kastanien!“
Glänzend, fett und dick gucken die Kastanien aus ihren grünen Stachelschalen. Jana und Lilli sammeln ganz viele auf. Aber die schönsten hängen noch hoch oben im Baum. Da kommt Benni.
„Hilf uns, Benni, bitte!“, sagt Lilli.
Benni wirft einen Stecken hinauf, einmal, zweimal, dreimal, und, plumps, plumps, plumps, fallen die Kastanien herunter.
„Danke, Benni!“, sagt Jana.
Benni hilft Jana und Lilli beim Einsammeln. Dann grunzt er: „Oink, oink, jetzt bin ich ein Wildschwein!“

„Er will unsere Kastanien fressen“, schreit Lilli. Sie nimmt Jana bei der Hand und läuft mit ihr weg. Das Benni-Wildschwein kann sie nicht erwischen.
Drinnen schneidet Frau Lange mit einem Messer die Kastanien so ein, dass man Körbchen draus machen kann. Die Kinder pulen das weiße Fleisch heraus. Mit einem Nagel geht es am besten. Lilli hilft Jana ein bisschen. Dann schenkt sie ihr eine rote Hagebutte zum Reinlegen. Lilli ist lieb!
„Willst du meine Freundin sein?“, fragt Jana.
„Ja“, sagt Lilli. „Und dann bist du meine Freundin.“
Da freut sich Jana sehr und gibt Lilli einen Kuss.
Benni will keinen Kuss. Deshalb kriegt er von Jana drei große Kastanien, damit er sein Kastanien-Monster fertig bauen kann.
„Und wie war's heute im Kindergarten?“, fragt Mama beim Abholen.
„Toll!“, sagt Jana. „Und die Lilli ist jetzt meine Freundin.“

# Laterne, Laterne

Heute geht Jana zweimal in den Kindergarten. Vormittags mit Mama und abends mit Papa. Papa hat nur am Abend Zeit.
Jana trägt die Laterne, die sie selbst gebastelt hat, geschnitten und geklebt, mit festem und mit durchsichtigem Papier. Ein Mond ist drauf, eine Sonne auch, und viele, viele Sterne.
„Wunderschön", sagt Papa.
„Du, Papa", sagt Jana. „Weißt du eigentlich, wer der Sankt Martin ist?"
„Nicht genau", gibt Papa zu.
„Aber ich", sagt Jana. „Also, der Sankt Martin sitzt auf einem Pferd und schneidet mit dem Schwert seinen roten Umhang auseinander. Weil, da ein Bettler ist und der friert so."
„Wirklich nett von ihm", sagt Papa. „Ist dir auch warm genug?"
Jana nickt. Sie hat Hosen, Mantel, Schal, Stiefel, Mütze und Handschuhe an.
Als sie beim Kindergarten ankommen, sind schon viele Mamas und ein paar Papas da.
Frau Lange und die Nachmittags-Kinder kommen mit ihren Laternen heraus. Die Kerzen werden angezündet, und dann geht's los. Jana geht neben Lilli. Es ist schon dunkel und die Laternen leuchten wie Blinkersterne. Jana schwenkt ihre Laterne fröhlich hin und her.
„Nicht so wild, Jana!", sagt Lilli.
Aber da ist es schon passiert: Janas Kerze verlöscht. „Papa, Papa!", ruft sie. „Du musst die Laterne wieder anzünden."
Das muss Papa noch oft. Deshalb geht er gleich neben Jana und Lilli.
Jana singt: „Laterne, Laterne..."
„... Sonne, Mond und Sterne", singt Papa. Dann weiß er nicht mehr weiter.
Aber Jana weiß es: „Brenne hell, mein Licht, brenne hell, mein Licht. Aber nur meine liebe Laterne nicht." Jetzt kann Papa wieder mitsingen.
„Na, wie war's?", fragt Mama, als Jana und Papa wieder zuhause sind.
„Laterne, Laterne", summt Papa. „Wir haben das Lied mindestens hundert Mal gesungen."
Mama lacht. Und dann singen sie es noch einmal, alle zusammen.
Zum hundertundeinsten Mal.

# Ein Mädchen aus Italien

Heute kommt ein neues Mädchen. Es hat schöne schwarze Lockenhaare und große, dunkle Augen.
„Wie heißt du?", fragt Jana.
„Das ist Lucia", sagt Frau Lange. „Sie kommt aus Sizilien und kann noch nicht gut Deutsch."
Lucia kann auch sonst nicht viel. Sie steht nur da und schaut zu. Sie kann nicht „Kling, Glöckchen, klingelingeling" singen und auch nicht „Leise rieselt der Schnee, still und starr ruht der See."
„Still und stumm", kichert Jana. „Genau so!"
Als Lucia dran ist, will sie nicht mal das Türchen vom Adventskalender aufmachen. Sie will nicht beim Backen helfen und keine Plätzchen ausstechen. Sie mag nicht Sterne ausschneiden und ans Fenster kleben. Sie mag keinen Wunschzettel malen und sich nicht mal als Engel verkleiden.
„Lucia ist blöd!", sagt Jana.
„Das glaub ich nicht", sagt Lilli. „Du bist am Anfang genauso gewesen."

„Das glaub ich nicht", sagt Jana.
Frau Lange zündet die dritte Kerze am Adventskranz an. Die ersten beiden sind schon ziemlich heruntergebrannt. Aber die dritte ist noch neu und schön. Da nimmt Jana die Kerze und gibt sie Lucia. Einfach so!
„Aber Jana!", sagt Frau Lange. Und dann sagt sie nichts mehr, denn Lucias Augen leuchten. Lucia lächelt! Das hat sie noch nie getan. Sie sagt sogar etwas. Es klingt wie „Lutsche".
„Eine Kerze ist doch kein Lutscher", lacht Jana.
„Luce heißt auf Italienisch Licht", erklärt Frau Lange. „Ich glaube, Lucia heißt die Leuchtende."
„Lutsche, lutsche, leuchte!", singt Jana.
Da muss Lucia lachen. Und seitdem gehört sie dazu. Zu Jana und Lilli und Benni. Lucia kann alles! Sie kann singen und tanzen und sogar fliegen. Sie ist nämlich der schönste Engel im Weihnachtsspiel.
„Wie war's im Kindergarten?", fragt Mama. „Deine Augen glänzen so."
„Wie die von Lucia", sagt Jana.

# Jana ist ein Schneeglöckchen

Überall liegt nasser Schnee. Die Kindergartenkinder schauen aus dem Fenster. Davor spitzen grüne Halme aus einem Schneeloch. In der Mitte bimmeln weiße Glöckchen.
„Frau Lange“, rufen Jana, Lilli, Lucia und die anderen Kinder. „Frau Lange, da sind Schneeglöckchen!“
Frau Lange klatscht in die Hände. „Alle Kinder stellen sich in einen Kreis! Wir wollen ‚Schneeglöckchen‘ spielen. Im Winter schlafen die Schneeglöckchen in der Erde.“
„Werden sie da nicht zerdrückt?“, fragt Jana.
„Nein“, sagt Frau Lange. „Sie sind gut eingemummelt in ihre Zwiebelchen.“
Alle Kinder legen sich auf den Boden und rollen sich zusammen.
Jana kichert: „Ich bin ein Zwiebelbaby.“
„Jetzt kommt die Sonne“, sagt Frau Lange und breitet die Arme aus. „Die Sonne macht die Erde warm und weckt die Schneeglöckchen auf.“
Die Kinder öffnen die Augen und blinzeln.
Jana gähnt vergnügt.
„Jetzt wollen wir wachsen“, sagt Frau Lange. „Und aus unseren Zwiebeln herauskommen.“ Sie faltet die Hände und führt sie an der Nase vorbei über ihren Kopf hoch in die Luft.
„Aha“, sagt Jana, „so geht das!“
Alle Kinder wachsen und wachsen. Sie stehen auf und strecken sich.
Frau Lange ist eine gute Sonne. Sie bringt alle Schneeglöckchen zum Blühen.
Janas Hände gehen auseinander, ihre Arme werden weit, weit und ihr Blütenköpfchen strahlt in die Runde.
„Huh, jetzt kommt der Frühlingswind“, sagt Frau Lange und pustet. Die Schneeglöckchenkinder wackeln auf ihren Stengeln hin und her.
Jana lacht und purzelt um. Sie krabbelt aus dem Kreis in die Kuschelecke. Dort putzt sie sich die Nase. Ganz alleine!
„Und jetzt bin ich ein Zwiebelchen“, denkt Jana und rollt sich zusammen. Dann schläft sie ein.
„Na, wie war's heute im Kindergarten?“, fragt Mama.
„Schön“, schnieft Jana. „Und ich bin ein Schneeglöckchen.“
Mama putzt dem Jana-Schneeglöckchen die Nase.

# Jana will Prinzessin sein

Zur Fasnacht verkleiden sich alle Kinder. Benni ist ein Cowboy, Lucia ein Ritter. Es gibt Hexen und Teufel, Rotkäppchen und Roboter, Piraten und feine Damen.
Jana will Prinzessin sein. Lilli will auch Prinzessin sein. Sie kramen in der Kleiderkiste. Jana will die goldene Krone haben, die mit den roten Edelsteinen. Lilli will auch die goldene Krone haben, die mit den roten Edelsteinen.
„Das ist meine Krone", sagt Jana. „Gib sie her!"
„Nein", sagt Lilli, „das ist meine. Ich hab sie zuerst gefunden."
„Nein, ich", schreit Jana.
„Ich, ich, ich", ruft Lilli.
Jana reißt Lilli die Krone aus der Hand. Ratsch! Jetzt ist sie kaputt. Jana weint und Lilli ist zornig. „Jetzt bist du nicht mehr meine Freundin", schreit sie. „Ich hasse dich!"
„Ich hasse dich auch", brüllt Jana.
„Was ist denn hier los?", fragt Frau Lange. Sie trägt einen Hut mit vielen Glitzerrosen.
Jana schluchzt: „Lilli ist gemein. Sie hat meine Krone kaputtgemacht."
„Gar nicht wahr", sagt Lilli.
Frau Lange überlegt. Dann nimmt sie die zerrissene Krone und pflückt die roten Edelsteine ab. Es sind sechs. „Drei für dich, Jana", sagt sie, „und drei für Lilli."
In der Bastelecke gibt es Goldpapier. Jede Prinzessin macht sich eine neue Krone und klebt drei rote Edelsteine darauf.
„Hände hoch!", sagt der Benni-Cowboy. Er fesselt die Prinzessinen mit Luftschlangen aneinander, aber der Lucia-Ritter befreit sie wieder.
Dann tanzen alle Prinzessinen, Cowboys, Ritter, Hexen, Teufel, Rotkäppchen und Roboter, Piraten und feine Damen miteinander.
Beim Essen von Berlinern sagt Lilli zu Jana: „Willst du wieder meine Freundin sein?"
Jana nickt. Sie ist ja so froh!
„Na, wie war die Fasnacht im Kindergarten?", fragt Mama.
„Zuerst war's blöd", sagt Jana. „Aber dann war's wieder gut."

# Hasen und Hühner

„Bald ist Ostern", sagt Frau Lange. „Da kommt der Osterhase", ruft Benni, „und legt die Eier."
„Hasen können keine Eier legen", sagt Jana. „Nur Hühner. Stimmt doch, Frau Lange, oder?"
Frau Lange nickt und sagt: „Heute dürft ihr Eier anmalen."
Die Kinder freuen sich und fangen an.
Plötzlich sagt Jana: „Ich muss Pippi machen."
„Ich auch", schreit Benni. „Pippi, kacka, pippi, kacka!"
„Geht auf die Toilette!", sagt Frau Lange.
Draußen hüpft Jana von einem Bein aufs andere. „Der Reißverschluss geht nicht auf. Hilf mir, Benni!"
Benni hilft. Jana lässt es plätschern. Benni muss auch. Er zieht seine Hose runter und dreht sich um. Aber Jana hat es doch gesehen: Benni hat vorne was dran.
„Zeig mal!", sagt Jana. Sie staunt.
„Das ist so, weil ich ein Mann bin", sagt Benni stolz. „Und du bist nur ein Mädchen."
Dann gehen Jana und Benni wieder zurück zur Hasengruppe und malen an ihren Eiern weiter.

Plötzlich fragt Jana: „Warum hat der Benni ein Zipfelchen, und ich nicht?"
Frau Lange lächelt und sagt: „Du brauchst keines, Jana. Wenn du mal groß bist und eine Frau, dann kannst du ein Baby kriegen. So wie eine Henne ein Ei. Und damit das Ei nicht zerbricht und dem Baby nichts passiert, ist alles gut verpackt und innen drin. Da ist es weich und warm."
Die Kinder staunen.
„Das ist aber praktisch", sagt Benni. „Und Hasen können wirklich keine Eier legen?"
„Nein, nicht wirklich", sagt Frau Lange. „Nur im Bilderbuch. Zeig mir mal dein Osterei, Benni. Das ist ja wunderschön geworden."
Benni freut sich. Alle Kinder bewundern sein Ei.
„Wie war's heute im Kindergarten?", fragt Mama, als sie Jana wieder abholt.
„Toll", sagt Jana. „Und ich weiß jetzt, dass ich mal ein Ei war und gut verpackt in dir drin."
Mama lacht: „Du bist mein kluges Hühnchen."
Und Jana gackert vergnügt.

# Frühstück mit Hasenhäppchen

Heute hat Jana etwas Besonderes zum Frühstück dabei: Ein Nusshörnchen mit Zuckerguss. Das hat ihr Mama auf dem Weg zum Kindergarten gekauft, weil sie verschlafen hatte und keine Zeit mehr blieb zum Broteschmieren.
Jana und Lucia dürfen den Frühstückstisch decken. In die Mitte kommt die Vase mit den Schlüsselblumen, um sie herum Teller und Tassen.
Die Kinder von der Hasengruppe holen ihre Rucksäckchen und packen aus. Lilli hat ein Käsebrot dabei, Benni ein Vollkornbrot mit Leberwurst, und Lucia ein Brötchen mit Erdbeermarmelade. Jana legt ihr Nusshörnchen auf den Teller.
Frau Lange bringt die Teekanne und schenkt ein.
„Lass mich mal von deinem Hörnchen beißen, Jana!“, sagt Benni.
„Nein“, sagt Jana. „Das ist meins.“
„Aber Jana“, sagt Frau Lange.
„Der Benni gibt auch nie was her“, meint Jana.
Lilli und Lucia sagen: „Das stimmt. Immer isst er alles alleine.“
„Gar nicht wahr“, ruft Benni und nimmt einen großen Schluck Tee. „Heiß!“, brüllt er. Hoppla, jetzt ist seine Tasse umgefallen. Der Tee schwappt auf den Tisch.
„Hol den Wischlappen aus der Küche, Benni“, sagt Frau Lange. „Und bring vier Messer mit. Dann dürft ihr Hasen-Häppchen machen.“
Und das geht so: Jedes Kind schneidet ganz kleine Häppchen von seinem Brot ab und legt es den anderen Kindern auf den Teller. Jetzt hat Jana ein Hasen-Häppchen vom Käsebrot, eins vom Leberwurst-Vollkornbrot, eins vom Erdbeerbrötchen und noch richtig viel vom Nusshörnchen auf ihrem Teller.
„Guten Appetit!“, lacht Frau Lange.
Die Hasenkinder Jana, Benni, Lilli und Lucia mümmeln und mampfen ihr Frühstück. Es schmeckt so gut!
Danach räumen sie den Frühstückstisch wieder ab und spielen.
„Na, wie war's heute?“, fragt Mama.
„Heute haben wir ein Hasenhappen-Frühstück gehabt“, sagt Jana. „Und was gibt's zum Mittagessen?“

# Jana hat Geburtstag

„Guten Morgen, Jana", sagt Frau Lange, gleich als Jana hereinkommt. „Alles Gute zum Geburtstag!"
„Danke", sagt Jana. „Krieg ich heute ein Geschenk?"
„Na klar", lacht Frau Lange, „aber erst später. Zuerst müssen alle Kinder da sein."
Nach dem Frühstück darf Jana sich ein Kind aussuchen, das mit ihr auf dem Flur warten muss. Jana nimmt Lilli mit. Sie hören Stühlerücken und Lachen. Endlich geht die Türe wieder auf.
„Zum Geburtstag viel Glück", singen die Kinder. Sie halten die Hände hoch und machen ein Tor, durch das Jana schlüpfen muss. Dann rennt sie sofort zum Geburtstagstisch.
„Halt, Jana", sagt Frau Lange. „Zuerst soll dir Lucia den Geburtstagskranz aufsetzen." Es ist eine Blumenkrone aus Vergissmeinnicht und Margeriten.
„Du bist schön", sagt Lucia.
Jana fühlt sich aufeinmal sehr schön und sehr wichtig.
„Und jetzt musst du dich auf den Geburtstagsstuhl setzen", sagt Benni.
Jana hält sich ganz gerade, wie eine Königin. Und dann muss die Königin lachen, strampeln und kreischen, weil Benni und Lilli den Stuhl hochheben, einmal, zweimal, dreimal, viermal. Endlich darf Jana an den Geburtstagstisch. Da brennen vier Kerzen in der Mitte. Jana darf die Spieluhr mit der Geburtstagsmusik anmachen. Das klimpert so lustig und süß. Ein Elefant dreht sich im Licht der Kerzen. Daneben liegt das Geschenk.
„Aufmachen, aufmachen!", rufen Lilli, Benni und Lucia.
Jana schaut fragend zu Frau Lange.
„Ja", sagt sie. „Jetzt ist es so weit."
Im Päckchen ist eine Kette aus bunten Perlen.
„Die haben wir selbst gemacht", sagen Benni, Lilli und Lucia.
„Oh, danke!", sagt Jana und hängt sich die Kette um. Jetzt ist sie eine richtige Königin.
„Hallo, Geburtstagskind", sagt Mama. „Na, wie fühlst du dich heute?"
„Wie eine Königin", sagt Jana. „Und dann haben wir gespielt, dass alle tun müssen, was ich will."

# Die Schnecke Jessica

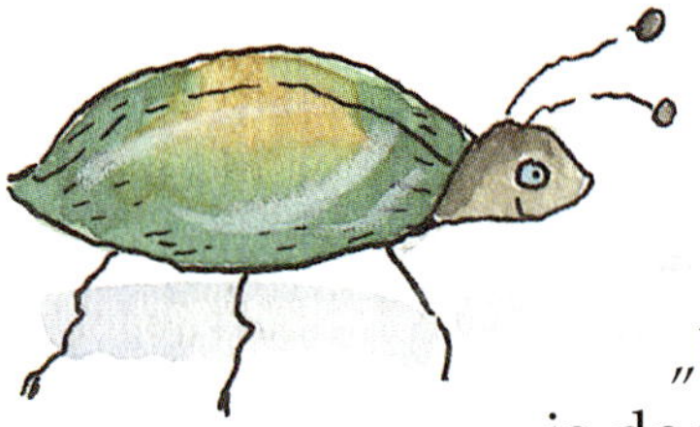

Heute dürfen die Kinder mit Frau Lange einen Ausflug machen. Sie fahren mit dem Bus. Am Waldrand steigen sie aus.
„Im Wald gibt es viele Tiere", sagt Frau Lange. „Wer weiß welche?"
„Wildschweine", schreit Benni.
„Hirsche", sagt Lilli.
„Rehe", ruft Lucia.
„Und Hasen", fällt Jana ein. „Wo sind denn die Tiere?"
Da ist kein Tier weit und breit. Die Kinder sind enttäuscht.
„Ihr müsst still sein", sagt Frau Lange. „Mucksmäuschenstill!"
„Tock, tock, tock", klopft es plötzlich.
„Ein Specht", sagt Frau Lange.
Jetzt wollen alle Kinder den Specht sehen. Sie rennen zwischen den Bäumen herum.
Jana stolpert über eine Wurzel und fällt hin. Plötzlich krabbelt ein Käfer vor ihrer Nase. Er ist dunkelgrün und schimmert golden. Jana will ihn mitnehmen, aber der Käfer zwickt sie in die Hand. Da lässt Jana ihn sofort wieder los. Benni entdeckt eine Spinne. Lilli findet Ameisen und Lucia eine Schnecke.
„Zeig mal", sagt Jana. „Die ist süß! Und es gibt ja doch viele Tiere im Wald."
„Ja", sagt Frau Lange. „Und wie gut es riecht!"
Die Kinder atmen tief ein. „Aah, so gut!"
Dann suchen sie einen schönen Platz und packen ihr Picknick aus. Als sie fertig sind, sammeln sie die Abfälle ein und nehmen sie im Rucksack wieder mit.
„Na, wie war der Ausflug?", fragt Papa, als er Jana am späten Nachmittag vom Kindergarten abholt.
„Wunderbar", sagt Jana. „Da gibt's so viele Tiere, Papa. Ich hab eins mitgebracht."
„Zeig mal", sagt Papa zu Hause.
Jana holt aus ihrem Rucksack eine kleine Plastiktüte voller Moos. Im Moos liegt ein Schneckenhaus.
Mama sagt: „Das ist aber hübsch."
Da steckt die Schnecke ihren Kopf aus ihrem Häuschen.
„Sie heißt Jessica", sagt Jana. „Im Wald war's ihr langweilig. Jessica will sich morgen mal den Kindergarten anschauen."

# Eine kleine Katze

Die Waldschnecke Jessica wohnt jetzt im Kindergarten, hinten unter der Hecke.
Jana geht Jessica besuchen. „Jessica", ruft sie. „Jessica, wo bist du?"
Da maunzt es: „Miau!" Das ist nicht Jessica, das ist eine kleine gestreifte Katze.
„Miez, Miez", lockt Jana. „Komm her zu mir! Wo ist denn deine Mama?"
Die kleine Katze maunzt wieder und schmiegt sich an Janas Beine. Jana streichelt sie. Sie ist so weich und warm. Jana nimmt die kleine Katze auf den Arm. Da schnurrt sie sogar.
Lilli kommt und will die kleine Katze auch haben.
„Nein", sagt Jana. „Die gehört mir." Sie drückt die kleine Katze ganz fest an sich. Das mag sie nicht. Die kleine Katze legt die Ohren zurück, faucht und kratzt.
„Au", schreit Jana und lässt sofort los.
Jana und Lilli wollen die kleine Katze wieder fangen, aber sie läuft wie der Blitz zurück zur Hecke und schlüpft durch den Zaun hinaus auf die Straße.
Da muss Jana auch raus, raus aus dem Kindergarten. Sie läuft zum Tor und macht es auf.
„Das darfst du nicht", ruft Lilli. „Das sag ich Frau Lange!"
Aber Jana hört es gar nicht mehr. Vor ihr sitzt das Kätzchen und putzt sich. Aber immer, wenn Jana es auf den Arm nehmen will, läuft es ein Stückchen weiter. Jana hinterher.
Und hinter Jana läuft jetzt Frau Lange. „Jana!", schreit sie. „Jana, bleib stehen!"
Gerade rechtzeitig. Ein Radfahrer saust an Jana vorbei.
„Das war aber knapp", stöhnt Frau Lange und nimmt Jana fest an die Hand.
„Wo ist die kleine Katze?", fragt Jana.
„Da, schau!", sagt Frau Lange. Das Kätzchen springt gerade in den Nachbargarten und läuft zu seiner Katzenmutter.
Als Mama Jana mittags abholt, weiß Jana etwas Neues: „Es ist ganz streng verboten, dass ein Kind wegläuft", sagt sie. „Und ich tu's auch nie wieder!"
„Da bin ich froh", sagt Mama ernst.

# Kaspers lange Nase

Es regnet. Die Kinder können nicht raus.
Jana will mit Lilli spielen, aber Lilli ist heute so komisch. Sie will nur mit Lucia spielen. Lilli und Lucia stecken die Köpfe zusammen und kichern.
„Habt ihr ein Geheimnis?“, fragt Jana.
„Das geht dich nichts an“, sagt Lilli.
„Geh weg!“, sagt Lucia.
„Warum?“, fragt Jana. „Was hab ich denn getan?“
„Nichts“, sagt Lucia.
„Geh weg, du stinkst!“, lacht Lilli.
„Du auch“, schreit Jana. „Äh, ich kann dich nicht riechen.“ Sie hält sich die Nase zu und läuft zur Kuschelecke. Dort verkriecht sie sich unter der Decke. „Jetzt bin ich unsichtbar“, denkt Jana.
Aber Benni findet sie trotzdem. „Komm doch, Jana“, sagt er. „Frau Lange will mit uns Kasperletheater spielen.“
„Geh weg!“, sagt Jana. „Du stinkst.“
Benni ist beleidigt und haut Jana.
Jana haut zurück und schreit.
Benni schreit noch lauter.
„Was ist denn hier los?“, fragt der Kasper auf Frau Langes Hand.
„Die Jana hat gesagt, ich stinke“, ruft Benni.
Jana schluchzt: „Weil die Lilli gesagt hat, dass ich stinke.“
„Warum denn?“, fragt der Kasper.
„Einfach so“, sagt Lilli und Lucia wird rot. Sie schämt sich.
„Ei, ei, ei“, sagt der Kasper. „Das will ich jetzt aber genau wissen. Ich habe nämlich die längste und beste Rieche-Nase der Welt.“ Er schnüffelt an Jana. „Mmm, das riecht aber gut!“
Jana kichert: „Rieche ich nach mir?“
„Ganz genau“, sagt Kasper. „Ein richtig guter Jana-Duft. Probier mal, Benni!“
Benni riecht an Jana. „Mmm“, sagt er. „Stimmt!“
Jetzt wollen Lilli und Lucia auch riechen. Zum Schluss schnuppern alle Kinder aneinander und am Kasper und sogar an Frau Lange.
„Na, wie war's heute?“, fragt Mama, als sie Jana wieder abholt.
Jana schnubbert an Mama. „Du riechst aber fein. Dich würde der Kasper am liebsten riechen.“

# Jana spielt Rotkäppchen

Heute spielen die Kinder aus der Hasengruppe das Märchen vom Rotkäppchen. Das hat ihnen Frau Lange gestern erzählt. Jana ist das Rotkäppchen und Lilli die Großmutter. Benni will zuerst der Jäger sein, aber dann doch lieber der große, böse Wolf. Deshalb spielt Lucia den Jäger.
„Also“, sagt Jana, „ich geh jetzt in den Wald und pflücke Blumen.“
„Das darfst du nicht“, sagt Lilli. „Das hat dir deine Mutter verboten.“
„Tu ich aber“, sagt das Jana-Rotkäppchen. „Sonst kann mich der Wolf doch nicht finden.“
Da kommt er schon: „Wie geht's?“, fragt der Benni-Wolf.
„Gut“, sagt das Rotkäppchen. „Und dir?“
„Schlecht“, meint der Wolf. „Ich hab ja so Hunger!“
„Dann friss doch die Großmutter“, sagt das Rotkäppchen.
„Gute Idee!“, sagt der Wolf.
Die Lilli-Großmutter liegt unter der karierten Decke und hat ein Kopftuch auf.
„Uuah!“, brüllt der Wolf. „Ich fresse dich!“
Die Großmutter muss furchtbar lachen beim Gefressenwerden, dann ist sie unter der Decke verschwunden. Der Wolf zieht sich ihr Kopftuch über und legt sich hin. Sein Lilli-Bauch wackelt.
„Großmutter“, sagt das Rotkäppchen. „Warum wackelt denn dein Bauch so?“
„Weil die Großmutter keine Ruhe gibt“, lacht der Wolf. „Hi, hi, hi, sie kitzelt mich.“
„Friss mich doch auch!“, sagt das Rotkäppchen.
Das macht der Wolf, und dann verstecken sich Lilli und Jana zusammen ganz warm und eng unter der Decke und kitzeln den Wolf. Der brüllt vor Lachen. Er muss sogar pupsen.
„Hilfe!“, schreien die Großmutter und das Rotkäppchen.
Da kommt der Lucia-Jäger und reißt die Decke runter. „Und jetzt will ich das Rotkäppchen sein“, sagt er.
„Aber zuerst müssen wir noch feiern“, sagt die Großmutter.
„Na, wie war's heute im Kindergarten?“, fragt Mama.
„Lustig“, sagt Jana. „Besonders im Bauch vom Wolf. Wir haben so viel lachen müssen.“

# Das Sommerfest

Zum Sommerfest im Kindergarten sind alle eingeladen. Viele Mamas und Papas kommen und bringen leckere Sachen mit.

Jana zeigt Mama den schön gedeckten Tisch unter dem Kastanienbaum, wo sie ihren selbst gebackenen Kuchen hinstellen kann. Papa schleppt einen Kasten Limonade an und mopst einen Fleischklops.

„Aber Papa!", kichert Jana. „Komm, jetzt zeig ich dir alles!"

Papa muss draußen den Sandkasten und die Schneckenhecke anschauen und drinnen die Bastelsachen, die Spiele und die Bilder an der Wand.

„Das hab ich gemalt", sagt Jana. „Und das und das auch."

Papa bückt sich, damit er alles genau sehen kann. „Toll!", sagt er. „Ich bin richtig stolz auf dich!"

Dann gehen sie wieder raus zu den anderen. Frau Lange verteilt gerade Luftballons. Die Kinder und ihre Eltern pusten um die Wette. Bennis Luftballon zischt wie eine Rakete zwischen den Großen umher. Jana muss laut lachen.

Dann wird Musik gemacht. Mit Xylophon, Glockenspiel, Tamburin und Klanghölzern. „Tra-ri-ra, der Sommer, der ist da", singen alle. Die Eltern klatschen mit.

Und jetzt führen die Kinder von der Hasengruppe ein kleines Theaterspiel vor. Sie haben lange geübt. Jana ist ein Schmetterling. Sie flattert leicht und luftig über die Wiese. Benni ist eine Biene, brumm-brumm. Lilli und Lucia sind Blumen, eine Glockenblume, bim-bam, und eine rote Rose. Die Kinder sind aufgeregt, aber alles klappt wie am Schnürchen: Biene und Schmetterling besuchen die Blumen. Sie fliegen um sie herum, fassen sich an den Händen und tanzen miteinander. Dann ziehen die Blumen und Insekten ihre Eltern in den Kreis zum Ringelreihen. „Einmal hin, einmal her, ringsherum, das ist nicht schwer."

„Das war das schönste Sommerfest in meinem ganzen Leben", sagt Mama, als sie miteinander wieder heimgehen.

Papa und Jana nicken: „Stimmt genau!"

# Bald sind Ferien

Es ist Sonntag. Jana ist zu Hause. Mama sitzt auf der Terrasse und blättert in einem Urlaubskatalog.
„Mir ist so langweilig, Mama“, sagt Jana. „Was soll ich spielen?“
„Spiel doch Kindergarten“, schlägt Mama vor.
„Allein kann man nicht Kindergarten spielen“, sagt Jana.
„Spiel mit Sissi und Leo“, sagt Mama.
Sissi ist Janas Puppe und Leo ist ihr schwarzes Zwergkaninchen.
Da kommt Papa. Er hat am Auto gebastelt. „Puh“, sagt er, „ich bin fix und fertig!“
„Papa“, ruft Jana. „Spiel mit mir Kindergarten. Bitte, bitte!“
„Jetzt nicht“, stöhnt Papa. „Ich muss mich ausruhen.“ Er setzt sich neben Mama. „Ich bin so froh, dass wir bald Urlaub machen.“
„Wie geht Urlaub machen?“, fragt Jana.
„Wir setzen uns ins Auto“, lacht Papa, „und fahren fort.“
„Bis ans Meer“, lächelt Mama.
„Prima“, sagt Jana. Dann fällt ihr etwas ein: „Aber wenn ich am Meer bin, kann ich ja gar nicht in den Kindergarten gehen.“
„Stimmt“, sagt Papa.
„Dann fahr ich nicht mit“, sagt Jana.
„Schade“, sagt Papa. „Da verpasst du aber was.“
„Was denn?“, fragt Jana.
„Schwimmen und tauchen, Muscheln suchen und Burgen bauen“, sagt Papa.
„Und Kinder zum Spielen gibt's am Meer auch“, sagt Mama.
„Und Leo und Sissi?“, fragt Jana.
„Leo darf zur Oma“, sagt Mama. „Die sorgt gut für ihn. Sissi kannst du gerne mitnehmen.“
Nach dem Abendessen, Zähneputzen und der Guten-Nacht-Geschichte muss Jana wieder aufstehen, weil ihr etwas eingefallen ist: „Der Kindergarten macht auch Ferien, hat die Frau Lange gesagt.“
„Dann ist ja alles in Ordnung“, sagt Mama. „Gute Nacht!“
Aber Jana muss noch einmal aufstehen.
„Was ist denn nun schon wieder los?“, fragt Papa.
„Nach den Ferien bin ich ein großes Kindergartenkind, hat die Frau Lange gesagt.“
„Großartig!“, sagt Papa und gibt Jana einen Kuss.

Die Schreibweise entspricht
den neuen Rechtschreibregeln

Gedruckt auf umweltfreundlichem,
chlorfrei gebleichtem Papier

Umschlagentwurf: Uwe Stohrer Werbung, Freiburg


Produktion: Uwe Stohrer Werbung, Freiburg
Druck und Verarbeitung:
Proost, Turnhout 2000
ISBN 3-451-70328-9

# Für jedes Alter d

Prof. Dr. med. Joest Martinius
Facharzt für Kinderheilkunde
und Kinder-/Jugendpsychiatrie
Universität München

## Warum ist Vorlesen so wichtig?

**„Vorlesen ist ein entscheidender Beitrag zur Entwicklung von Sprache und Denken."**

- Vorlesen schafft eine Situation von geschützter Nähe und Geborgenheit. Hier können Kinder auch schwierige Fragen stellen und ungewohnte Gefühle bewältigen.

- Vorlesen vermittelt menschliche Erfahrungen und Wissen. Fantasie und Realität ergänzen sich dabei für Kinder zu einem Stück Lebenserfahrung.

- Vorlesen fördert die Sprachentwicklung. Denn der wesentlichste Teil des Spracherwerbs ist nach den ersten fünf Lebensjahren abgeschlossen.

- Vorlesen macht lesefit! Untersuchungen zeigen, dass Kinder, denen viel vorgelesen wurde, sich später mit dem Lesen leichter tun.

- Vorlesen macht Spaß! Es schenkt Erwachsenen und Kindern ein anregendes gemeinsames Erlebnis!

KeRLE bei Herder

# as richtige Vorlesebuch

In schönster Geborgenheit kleine Spaziergänge in die Welt machen

**Vorlesereihe für Zweijährige**

In kleinen Geschichten die Welt erkennen

**Vorlesereihe für Dreijährige**

Unterhaltung und Anregung für zukünftige Selbstleser

**Vorlesereihe für Vierjährige**